I0684154

Ye

3845

ÉLOGE HISTORIQUE

DES PRINCESSES

DE LA MAISON DE SAVOYE,

QUI ONT PRIS ALLIANCE AVEC NOS ROIS,
OU LES PRINCES DE LEUR SANG :

ÉPITRE

PRÉSENTÉE

A MADAME LA COMTESSE

DE PROVENCE.

Par l'Abbé PARMENTIER.

A PARIS,

Chez FETIL, Libraire, rue des Cordeliers.

M. DCC. LXXI.
AVEC PERMISSION.

ÉPÎTRE

A MADAME

MARIE-JOSEPHE-LOUISE

DE SAVOYE,

COMTESSE DE PROVENCE.

Depuis sept siècles révolus (a)
Qu'un Prince, fameux dans l'Histoire
Par ses éclatantes vertus
Et par ses *mains* d'un *blanc* d'ivoire (b),

Origine abrégée de la Maison de Savoye.

(a) Vers 1056.
(b) Humbert *aux blanches* | *mains*. Voy. Guichenon, Histoire de Savoye.

A

Affermit la fondation
De l'Etat puiffant & durable (ᵃ)
Dont à *Berthold* (ᵇ) , ce champion
Tant préconifé par la fable (ᶜ) ,
Pour caufe à lui très-honorable (ᵈ) ,
Rodolphe (ᵉ) fit donation :
Avec des Princeffes de France
Les fils de ces Héros fameux
D'une conjugale alliance
Formèrent fouvent les doux nœuds.
Auffi fouvent, & notre Hiftoire
En garde l'heureufe mémoire ,
Des Aftres , paffés en leurs cours ,
Du ciel qu'embelliffent ces Princes
Sur l'horifon de nos Provinces ,
Y formèrent les plus beaux jours.

Vous êtes , ô PRINCESSE AIMABLE ,
Un de ces Aftres bienfaifans.
Je te falue , Aftre adorable ,
Daignes recevoir mon encens.
A votre célefte origine

(ᵃ) Le Comté de Savoye.
(ᵇ) Pere de Humbert.
(ᶜ) Il eft le héros de plufieurs romans anciens, où il eft nommé Berold , Gerold , Berthold. Il étoit comte de Genêve & de Mau-rienne. *Voyez* Guichenon.
(ᵈ) Services militaires & politiques. *Voyez* Guichenon.
(ᵉ) Rodolphe **III** , roi d'Arles ou de Provence.

Cet hommage eſt juſtement dû :
Mais, dans l'accès qui le domine,
Mon cœur l'offre à votre vertu,
PRINCESSE, eſtimable PRINCESSE,
Sur qui le Souverain des cieux
Voulut répandre avec largeſſe
Ses tréſors les plus précieux,
Afin qu'au PRINCE vertueux
Dont ſa divine providence
Vous prédeſtinoit l'alliance,
Vous n'en reſſemblaſſiez que mieux.

Daignez de même avec clémence,
Ecouter les vœux qu'en mon cœur,
Au pied des autels que j'encenſe,
Je forme pour votre bonheur.

ALIX, aſſiſe au rang ſuprême,
Ne voulut pas y briller plus
Par l'éclat de ſon diadême
Que par l'or pur de ſes vertus (ᵃ).
Pendant que d'un bras intrépide
Le vaillant *Louis* terraſſoit,
Foudroyoit l'audace perfide
Du petit baron du Puiſet (ᵇ);

Alix ou Adelaïs, femme de Louis VI, dit le Gros.

(ᵃ) Alix, ou Adelaïs, fille d'Humbert *aux blanches mains*, comte de Maurienne & de Savoye, ſeconde femme de Louis VI, dit le Gros.

(ᵇ) L'un des Vaſſaux qui oſe-

Et dans fa trop voifine terre (a)
Repouffoit l'incommode Anglois (b) ,
ALIX , huit fois devenant mère ,
De huit beaux enfans le fit père ,
Et par les plus aimables traits
D'une dévotion fincère
Touchoit, charmoit tous fes fujets.

Charlote,
femme de
Louis XI,

DE l'intérêt trifte victime (c) ,
CHARLOTE , conduite aux autels
Par ce dur tyran des mortels ,
N'en fut pas moins forcer l'eftime
Du capricieux fouverain ,
Qui dans Namur reçut fa main (d) :
Bifarre & foupçonnant le crime
Au temple même des vertus ,
De cette difficile eftime

rent faire la guerre au Souverain. Le château du Puifet étoit en Beauce. Louis VI fut plufieurs années à le réduire.

(a) La Normandie. Elle appartenoit alors au roi d'Angleterre, qui y recevoit les rebelles.

(b) Sous le règne de Louis le Gros commencèrent les guerres entre la France & l'Angleterre, qui ne finirent que fous le règne de Charles VII. De Gifors, le roi d'Angleterre incommodoit beaucoup le roi de France.

(c) Charlote de Savoye , fille de Louis II , duc de Savoye & d'Anne de Chypre. Son pere l'avoit promife à Frédéric de Saxe : mais il trouva l'alliance du Dauphin (Louis XI n'étoit que Dauphin lorfqu'il l'époufa) plus honorable & plus utile.

(d) Le mariage avoit été accordé à Genêve en 1451 , & célébré à Chamberry au mois de Mars fuivant; mais il ne fut confommé qu'en 1457 en la ville de Namur.

Tout votre fexe étoit exclus (ᵃ) :
CHARLOTE, gaie & fage époufe,
Pour tout fecret, fans autre jeu,
De fon ame injufte & jaloufe
Toujours en arracha l'aveu :
Et favoit, au château d'Amboife
Forcer ce fingulier époux,
Qui l'y maintenoit en bourgeoife,
A revenir à fes genoux
Eprouver un fort affez doux.

SANS avoir ceint le diadême,
Sans porter le fceptre des rois,
Deux fois l'habile d'ANGOULESME (ᵇ)
A la France donna des loix (ᶜ).
Quoique jeune, quoique charmante,
Quoique née au fein des grandeurs (ᵈ),
Quoique faite pour les honneurs ;
Sur les rives de la Charente,
Pour fa beauté trifte tombeau,
Elle avoit fu vivre contente

Louife
Duchefle
d'Angoul
mère de F
çois I.

(ᵃ) Brantome.
(ᵇ) Louife de Savoye , com-teffe, puis ducheffe d'Angoulême.
(ᶜ) Elle fut établie Régente du royaume en 1515 par François I, lorfqu'il partit pour aller faire la guerre en Italie. Elle obtint une feconde fois la Régence en 1524, lorfque François I retourna en Ita-lie pour reconquérir le Milanois.
(ᵈ) Elle étoit fille de Philippe II , comte de Breffe, puis duc de Savoye,& de Marguerite de Bour-bon fa premiere femme , fille de Charles I , duc de Bourbon, & d'Agnès de Bourgogne.

Dans le donjon de fon château (ᵃ) :
Veuve en fa dix-feptiéme année ,
Et de fon gothique féjour
Au féjour brillant de la Cour
Sous le roi *Charles* retournée (ᵇ),
Ses graces, fes traits enchanteurs
Y fubjuguèrent tous les cœurs.
Mais lorfqu'amoureux de la gloire ,
Et du beau duché de Milan ,
Et s'élançant vers la victoire
Qui l'appelloit à Marignan (ᶜ),
A la fouveraine puiffance
Après *Louis* (ᵈ) *François* monté
Eut à fa rare vigilance
Commis les deftins de la France ;
Quel efprit ! quelle fermeté !
Avec quelle adreffe fuprême
De fon fouverain, d'ANGOULESME
Sut maintenir l'autorité !

  Milan recouvré par les armes
De fes intrépides guerriers (ᵉ) ;
François, couronné de lauriers ,
De la paix vient goûter les charmes

(ᵃ) De Coignac, où elle donna naiffance à François I.

(ᵇ) Charles VIII. C'eft qu'elle y avoit paffé quelque temps après fon mariage.

(ᶜ) Bataille de Marignan ga-gnée par François I contre les Suiffes en 1515.

(ᵈ) Louis XII.

(ᵉ) A la fuite de la bataille de Marignan.

Au sein de sa galante Cour,
Où des muses ressuscitées
Et par ses faveurs invitées
LOUISE fixoit le séjour.
Milan perdu, *François* repasse
Sur les traces de son *Cousin* (ᵃ),
Sans se douter de la disgrace
Qui l'attend au bord du Tésin (ᵇ).

   Le malheur du Prince est le vôtre ;
Oui, mais n'en redoutez point d'autre,
François, dans sa captivité :
Sa mère est désormais la nôtre (ᶜ) ;
Notre sort est en sûreté.
Bientôt, par une adroite brigue,
Contre le rival de son fils
Elle va former une ligue (ᵈ)

(ᵃ) Le connétable de Bourbon. Evadé de France en 1523, il vint l'année suivante à la tête de l'armée impériale, y faire le siége de Marseille. François I marcha au secours de cette place à la tête de 50 mille hommes. Le connétable leva le siége avec précipitation. Le Roi le suivit jusques dans le Milanois, résolu d'entreprendre la conquête de ce duché.

(ᵇ) Il fut fait prisonnier à Pavie qui est sur le Tésin.

(ᶜ) François lui avoit déféré la Régence avant de partir, & elle lui fut continuée pendant sa prison, quoique plusieurs des membres du Parlement l'eussent offerte au duc de Vendôme. Le nom de mère qui lui est donné ici, lui appartient comme Régente, & lui a été confirmé après sa mort par différentes épitaphes, où elle est qualifiée : Mère du peuple comme du Roi.

(ᵈ) Pendant la prison de François I, la Régente forma une ligue offensive & défensive entre le Pape Clément VII, la France, l'Angleterre, les Vénitiens, les Suisses & les Florentins, appellée *la sainte ligue.*

De redoutables ennemis.

Mais quel fpectacle fe préfente !
Bidaffoa , fleuve fameux (ᵃ),
Quelle eft la fcène attendriffante
Qui fur tes bords s'offre à nos yeux ?
Une mère, en verfant des larmes ,
De deux innocens pleins de charmes
Reçoit les plus touchans adieux :
Tour à tour fon regard fe porte ,
Tantôt fur ces fils malheureux ,
Tantôt fur un grouppe nombreux
De guerriers qui lui fert d'efcorte ;
Et cependant , d'un pas certain ,
Mère à la fois fenfible & ferme ,
Elle conduit au fatal terme
Ses auguftes fils par la main.
Quelle eft cette illuftre Héroïne ?
Qui l'a réduite à ce malheur ?
Et quel motif la détermine
A s'arracher ainfi le cœur ?
Louise eft cette illuftre mère ;
Ces enfants font les premiers fruits
Du chafte himen de fon cher fils (ᵇ);

(ᵃ) Riviere qui fépare la France de l'Efpagne à la chûte des Pyrenées du côté de l'occident.

(ᵇ) François , Dauphin , mort avant fon pere en 1536, & Henri, qui fut depuis le roi Henri II ; le Dauphin n'avoit pas neuf ans , & Henri n'en avoit que fept. Ils furent livrés en otage pour la rançon du Roi leur pere, fur le rivage du Bidaffoa , où la Régente les conduifit.

Charle

Charle (ᵃ) eſt le vainqueur de leur père ;
Il exige, ou, vainqueur ſévère,
Qu'entre ſes mains ils ſoient remis ;
Ou, captieux rival de gloire,
Pour garants d'une autre victoire
Plus que des articles jurés (ᵇ),
Que ces guerriers, ſeule eſpérance
Du ſalut de l'antique France (ᶜ),
Inceſſamment lui ſoient livrés.
Le choix eſt fait ; & la nature
Inutilement en murmure :
Supérieure à ſon haut rang
Par ſa ſublime politique,
D'ANGOULESME, femme héroïque,
A la tranquillité publique
Sacrifiera ſon propre ſang.

AIMABLE ſceau d'une alliance
Utile au ſalut de la France (ᵈ),

Marie Ade-
laïde , Du-
cheſſe de
Bourgogne,

(ᵃ) L'Empereur Charles-Quint.
(ᵇ) Traité pour la délivrance de François I, conclu à Madrid le 14 Février 1526, par Marguerite de Valois, ducheſſe d'Alençon & depuis reine de Navarre, ſœur de François I.
(ᶜ) Ce fut en effet, parce que la Régente regardoit ces guerriers comme la reſſource de la France qu'elle ne voulut pas les accorder.
(ᵈ) Le mariage de Marie-Adélaïde de Savoye, avec M. le duc de Bourgogne, petit-fils de Louis XIV, fut accordé par le traité que ce Prince fit en 1696, avec le duc de Savoye. La France étoit alors épuiſée, & avoit grand beſoin de la paix.

B

puis Dauphi-
ne , mère du
Roi Louis
XV. le Bien-
aimé.

Et qui d'un calme général (^a) ,
(Doux terme des maux qu'à la terre
Depuis long-temps caufoit la guerre) ,
Fut le principe & le fignal :
BOURGOGNE (^b) fut, dès fon jeune âge ,
Et du bonheur public le gage ,
Et de la plus brillante Cour
L'ornement , la joie & l'amour.
A peine elle comptoit deux luftres :
Un Roi qui parmi les grands Rois ,
Sans doute eft un des plus illuftres
Dont la terre ait reçu des loix :
Louis (^c) dont les lumieres faines ,
Dont le goût fûr & pénétrant
Difcernoit des ames humaines
Le mérite à peine naiffant ;
Louis l'aimoit : fa douceur vraie
Que nul accident n'altéroit ,
Son efprit vif, & jufte, & net ,
Son humeur agréable & gaie
Charmoient ce Prince fatisfait ,
Et banniffant la noire troupe

(^a) Paix de Rifwick conclue
en 1697.

(^b) On la nomme ici ducheffe
de Bourgogne , parce qu'elle eft
plus connue fous ce nom , que fous

celui de Dauphine qu'elle ne porta
que dix mois , depuis la mort du
grand Dauphin en Avril **1711.**

(^c) Louis XIV.

Des foucis que la Royauté
Porte avec foi toujours en croupe,
A la table de la gaité
Lui faifoient boire à pleine coupe
La paix de l'ame & la fanté.
Belle, fenfible; aimée, aimante;
Parfaite dès fes jeunes ans,
La plus charmante des enfans
Des femmes fut la plus charmante.
Ses grands yeux noirs pleins d'un feu doux,
Miroirs parlans de fa belle ame,
Dans le cœur de fon jeune époux
Lancèrent la plus vive flamme.
Par un équitable retour,
De *Louis* (ᵃ) la vertu folide
A fa touchante ADÉLAÏDE
Infpira le plus vif amour.
Les deux ames n'étoient qu'une ame;
Le coup qui des jours du mari
Sur les remparts de l'ennemi (ᵇ)
Menaça de couper la trame,

(ᵃ) Louis, duc de Bourgogne, fils aîné de Louis Dauphin fils de Louis XIV.

(ᵇ) M. le duc de Bourgogne, général de l'armée d'Allemagne en 1703, au fiége du Vieux-Brifack, qu'il prit en quinze jours, monta fur une banquette pour reconnoître un terrein, la fentinelle qui occupoit cette banquette, tomba morte à fes pieds d'un coup de feu. Lorfque Madame de Bourgogne apprit cet événement, elle en fut fi effrayée, qu'elle tomba malade.

Aux appartemens de Marli,
Mit en danger ceux de la femme :
L'époufe, encore en fon printems ,
Paffe aux éternelles demeures ;
L'époux, à la fleur de fes ans,
L'y fuit au bout de quelques heures (ª) :
Et par les regrets, fuperflus !
Que donne fa bouche livide
A fa fidele ADELAÏDE,
Cher objet qui déjà n'eft plus,
Erige à fes rares vertus
Le monument le plus folide (ᵇ).

PUISSIEZ-VOUS donc, OBJET CHARMANT,
Qui de ces nobles Héroïnes,
Dont vous êtes l'illuftre fang,
Poffédez les vertus divines ;
Puiffiez-vous , pendant le long cours
D'un nombre infini de beaux jours,
De votre brillant himenée
Goûter la douceur fortunée !

(ª) Madame de Bourgogne mourut âgée de 25 ans le 12 Février 1712. Monfieur de Bourgogne mourut à l'âge de 30 ans le 18 du même mois.

(ᵇ) *Vir ejus & laudavit eam.* Son mari même en fit l'éloge. *Prov.* 31 , 28. Ce paffage eft heureufement employé dans une de fes Oraifons funébres. En effet Monfieur de Bourgogne mourut en regrettant tendrement fa femme : ce qui eft, felon le Saint-Efprit, l'éloge le plus folide qu'une femme puiffe recevoir.

» Les grands yeux noirs pleins d'un feu doux,
Les nobles traits d'ADELAÏDE
Que nos yeux retrouvent en vous
Sont pour vous un garant folide
Du cœur de votre illuftre Epoux.

De l'héroïque d'ANGOULESME,
En vous le mérite fuprême
Se fait aifément remarquer,
Malgré la modeftie extrême
Qui vous excite à le mafquer :

En vous de CHARLOTE on révère
Et l'on chérit également
La piété la plus fincère
Affociée à l'enjoument :

Comme ALIX douce & vertueufe;
A l'EPOUX qui vous rend heureufe,
Féconde autant ou plus qu'ALIX,
Donnez un bon nombre de fils,
Qui foient le ferme appui du trône
Où s'élevèrent les Capets,
Et, toujours unis d'intérêts
Avec la Royale Perfonne,
Rendent fon augufte Couronne
Refpectable à tous fes Sujets.

F I N.

Lu, & approuvé ce 3 Juillet 1771. MARIN.

Permis d'imprimer. A Paris ce 1 2 Juillet 1771.

DE SARTINE.

DE L'IMPRIMERIE DE L. F. DELATOUR. 1771.

www.ingramcontent.com/pod-product-compliance
Lightning Source LLC
Chambersburg PA
CBHW061439170626
46811CB00005B/2317